LES

VICES RELIGIEUX,

ET CEUX DE LA SOCIÉTÉ.

LES
VICES RELIGIEUX,
et ceux de la société;

POÈME EN DEUX CHANTS;

PAR M. DE FONTAINE,

Capitaine retraité habitant Saint-Cyr-l'École.

—◦◦◦—

SE TROUVE CHEZ L'AUTEUR.

1845.

AVIS DE L'AUTEUR.

En publiant cet ouvrage, je ne me fais point l'illusion de penser qu'il plaira à tous ses lecteurs ; il est des vérités qui blessent et qu'il faut savoir taire ; celles qui peuvent froisser l'amour-propre du clergé sont en première ligne.

Parmi cette classe de citoyens, il en est dont les vertus sont pures et incontestables ; ceux-là liront mon ouvrage sans s'en offenser. Ils y puiseront encore des principes de vertu plus parfaits et chercheront dans les vérités que je dévoile, un préservatif contre le penchant à l'erreur.

Mais d'autres, pour qui les abus religieux que je condamne sont un aliment pour le pouvoir absolu qu'ils méditent, par l'œuvre de la religion, ah ! pour cette classe d'hommes, je le sens, mon écrit ne peut être qu'un long anathème contre le principe religieux ; ils trouveront que j'attaque ce principe, et que mes sentiments sont anti-religieux.

A ces hommes je répondrais : — Je suis plus religieux que vous-mêmes, car je veux que la société soit maintenue dans de justes bornes et gouvernée par la seule force des lois, qui doivent régir les hommes, et que l'empire de la religion ne soit par vous employé que pour prêter un appui véritable à cette première législation, la seule qui puisse imposer un frein aux mauvaises passions de l'homme, et que votre empire religieux ne soit exercé que pour rendre l'homme meilleur qu'il n'est, en lui enseignant l'amour des lois de son pays, avec la pure morale de l'Évangile, mais non pas en faire l'esclave de votre domination et le marche-pied qui doit vous conduire au suprême pouvoir, le but de tous vos efforts et de votre convoitise depuis deux mille ans et plus; car il est facile de prouver que le prêtre ou l'instituteur religieux a toujours voulu s'élever au-dessus des lois et des autres hommes.

LES

VICES RELIGIEUX,

ET CEUX DE LA SOCIÉTÉ.

———

PREMIER CHANT.

ODE A LA VÉRITÉ.

LES VICES D'ICI-BAS NE PROVIENNENT QUE DU
FANATISME RELIGIEUX:

Vérité, arme-moi d'une sage renommée !
Conduis mes pas tremblants au faîte de l'Empyrée ;
Viens prêter ton appui à mes faibles efforts,
Découvre-nous, d'un Dieu, la grandeur et nos torts.

Que ton souffle divin m'anime et m'enflamme ,
Passe dans mes écrits et nourrisse mon ame.
Conduis-moi au séjour où règnent les vertus ,
Découvre , d'ici-bas, les vices , les abus.
Des hommes égarés par l'appât des richesses ,
Fais voir la vanité, les rampantes bassesses ;
Fais cesser, de l'homme, l'esprit dévastateur,
Cet orgueil qui toujours le rend dominateur ;
Des prêtres, des rois et des sociétés ,
Retrace les fautes sur nous amoncelées :
Fais voir de nos temples la profanation ,
Des prêtres impurs toute l'ambition ;
Dis-nous d'où vient le droit que prend leur politique ,
De venir m'imposer cette loi tyrannique ,
Qui , jusqu'au sanctuaire d'une vraie dévotion ,
Égare ma pensée et trouble ma raison !
Si , des sociétés j'approfondis la vie ,
Je ne trouve, hélas ! qu'orgueil et qu'infamie !
Près des trônes, veille le poison destructeur,
D'une vraie liberté, d'un immortel honneur.
Là , le sage oublie toute bonne maxime,
N'ose plus rien d'élevé , de grand et de sublime ;
J'approche des temples, j'y cherche les vertus ,
Ne vois qu'égoïsme entre tous les élus.
Dans ce lieu révéré , où j'offre ma prière ,
Je ne vois qu'un Dieu entouré de mystère :
Des prêtres infidèles s'emparant de l'encens ,
De l'amour sincère offert au Tout-Puissant.
Qu'on meure ou qu'on naisse, ou bien qu'on se marie,
Ce n'est qu'au poids de l'or qu'on change dans la vie.

Sur toutes nos actions le prêtre prend un droit
Qu'il sait bien prélever, censurer à son choix ;
Le présent ou l'avenir mis sous sa dépendance,
Lui fait toujours de Dieu usurper la puissance ;
Le jeûne, inventé pour lever des impôts,
Sur la crédulité, la fortune des sots,
Donne un aliment puissant à leurs offices,
Impose aux pauvres de nouveaux sacrifices.
Si ces hommes, du moins, avaient reçu de Dieu
Le pouvoir souverain d'être sages en tous lieux,
Si jamais leurs ames, des faiblesses humaines,
Ne montraient chaque jour les trop pesantes chaînes,
Ou s'ils étaient exempts de toutes nos passions,
Remplis d'un culte saint, de sage dévotion,
L'on pourrait mieux croire à leur bonne maxime,
Y trouver ce qu'elle a d'élevé, de sublime ;
Mais ils sont comme nous, remplis de nos défauts ;
Ils sont, de plus, fanatiques ou faux dévots.

CE QUI FAIT LEUR FORCE.

L'homme doit, suivant eux, croire à leur ministère
S'il ne veut, de son Dieu, éprouver la colère.
Voilà la maxime qui fait tout leur pouvoir.
Voyons si de la suivre est notre seul devoir.
Dieu plane sur l'homme ; il est donc notre maître ;
Mais l'homme sur l'homme, comment peut-il l'être ?
L'orgueil, les richesses, les titres, les grandeurs
Voilà ce qui donne les pouvoirs, les faveurs :
Chacun naît ou bien meurt et devient poussière,
Et la terre recouvre la même matière.

Qui de nous, en mourant, porte au Créateur
Ses titres, richesses ou sa folle grandeur ?
Près de lui, nos vertus font notre différence,
Et devraient ici-bas établir la puissance ;
Et celui qui prétend m'enseigner ses vertus,
Est souvent du Ciel un sujet de rebuts.
Là, l'Être-Suprême, de sa fausse sagesse,
Lui apprend les défauts, les vices, la bassesse.

O muse révérée ! anime mes accents,
Fais que mes efforts ne soient pas impuissants ;
Déroule à nos yeux les cris de la victime
Qu'immola le trop farouche christianisme,
Ces vils auto-da-fés, ces prisons, ces cachots,
Ces tortures infames, disloquant les os.
Dis de nos Loyola la basse hypocrisie,
Et ces jours impurs, nommés sainte folie.
Non, Muse ! jette donc un voile de douleur
Sur les maux qu'enfanta leur aveugle fureur,
Même sur ceux qui sont ensevelis sous terre,
Et dont Dieu saura bien dévoiler le mystère.
Oublions, s'il se peut, ces tristes jours d'horreur,
Et du fanatisme le poison destructeur ;
Voyons si ces pages, qui salissent l'histoire,
N'offrent plus à nos yeux qu'un sombre auditoire.

CE QUE LA RELIGION FUT SOUS L'EMPIRE, ET CE QU'ELLE DEVRAIT TOUJOURS ÊTRE.

Car déjà, sous l'empire, d'un génie puissant,
J'ai vu s'humaniser le fougueux Vatican :

De Rome, s'écrouler l'audace altière,
Devant Napoléon, ramper dans la poussière.
Les prêtres, plus soumis, remplissaient leurs devoirs,
Et, sans hypocrisie, instruisaient nos manoirs;
Car chacun, librement, guidait sa conscience,
Et de sa religion, goûtait la préférence.
Tout devenait calme; la Discorde, aux abois,
Humiliée, vaincue, obéissait aux lois.
Hélas! bonheur trop court, ô fatale journée!
Qui de ce grand homme vit trancher la destinée!
Avec lui tout s'éteint, plus de sage dévotion,
La Discorde paraît, rallume son brandon;
D'Acheul, de Montrouge, sortent des fanatiques,
Qui viennent nous troubler aux foyers domestiques.
Un roi faible, dévot, leur prête son appui,
Se fait de son peuple un peuple d'ennemis.
Déjà on les voyait, dans leur sotte audace,
S'élever au trône, en usurper la place.
Tout à coup, le peuple, plein d'indignation,
S'arme, il s'élance et brise sa prison;
En trois jours il détruit des prêtres l'insolence,
Et d'un roi parjure la trop faible puissance.
O écho! redis-nous ces combats glorieux,
Où le peuple vainqueur, mais toujours généreux,
Combattant pour ses droits, respectait l'infortune.
O vous qui gouvernez! qu'aveugle la fortune,
Chérissez des peuples les droits toujours sacrés;
Les vôtres, à ce prix, vous seront assurés.

Cache-toi pour toujours, ô noire hypocrisie!
Que ton souffle impur ne trouble plus la vie;

Que des Contrefatto, des Mingrat, les fureurs
Soient les seules qui puissent nous causer des douleurs;
Que désormais l'autel soit saint et soit pur,
Qu'au pied de l'église rien n'approche d'impur;
Qu'un prêtre, des vertus, nous offre les attraits;
Que tout, en eux-mêmes, en soient les vrais portraits;
Que son ame, surtout, soit grande et soit belle,
Du vrai bien qu'il offre le plus parfait modèle,
Et ainsi qu'est formé le puissant Créateur,
Qu'il soit toujours exempt de crime et d'erreur;
Que rien de terrestre ne soit dans ses maximes;
Pour convaincre l'homme, rendez-les plus sublimes;
Qu'il offre à nos yeux le puissant Créateur,
Entouré seulement de sa haute grandeur.

Sa grandeur apparaît dans tout ce qui l'environne,
Les astres lumineux font briller sa personne;
La terre et les cieux, ce soleil éclatant,
Ces mondes étoilés, couvrant le firmament,
Tout, jusqu'aux animaux, atteste sa puissance,
Et saura à l'homme révéler sa présence.

L'ABUS QUE LE CHRISTIANISME FAIT DE LA CONNAISSANCE DU VRAI DIEU.

De ce Dieu, si l'église avait le ferme appui,
Verrait-on ses élus, au crime endurci?
Non. Aimant de ce Dieu la très-sainte maxime,
Elle saisirait mieux sa vérité sublime.
Nos ames, mieux nourries de sainte dévotion,
Nous rendraient comme lui, sages, cléments et bons.

Si c'est la seule vertu qui fait sa puissance,
Entre l'homme et lui, c'est la seule distance.
Qu'on soit catholique, janséniste, rabbin,
Païen ou protestant, ou qu'on soit luthérien,
Des peuples policés ou des peuples sauvages,
Qu'on ait la religion, recevant leurs hommages,
Dieu leur dira toujours : Sois homme vertueux ;
A ce prix je reçois ta prière et tes vœux.
L'on saura lui plaire, si l'on met en son ame
Ce feu saint et sacré qui l'anime et l'enflamme.
La nature, en nos cœurs, plaça la religion,
Pourquoi donc, de l'homme, sert-elle l'ambition ?
Car l'intérêt érige en fausses maximes,
De la Divinité les vérités sublimes,
Endurcit notre ame, égare la raison,
N'entoure l'idole que de vraie trahison.
Fuyons donc des temples la ruse et la feinte,
Craignons Dieu pour lui seul, n'ayons pas d'autre crainte ;
Remplis de sa grandeur, de sa divinité,
Que lui seul, dans l'ame, plane avec fierté ;
Que lui seul, à son gré, puisse émouvoir l'ame,
La remplir d'espoir ou d'amoureuse flamme.
Méprisons les méchants, aimons l'homme de bien,
Et Dieu nous bénira, fussions-nous païen.
Nous aurons toujours droit à sa haute estime ;
Si nous savons suivre cette sage maxime,
Ne faire que le bien qu'on veut qui nous soit fait ;
Aimer l'homme pour lui, l'aimer sans intérêt.
Un tel homme fuira le clinquant, la bassesse,
La sotte présomption que donne la richesse ;

Fuira l'homme rampant, les méchants et les sots,
Et les faiseurs d'esprit aux médisants propos.
Il sera sans relâche ami constant de l'ordre,
Et n'excitera jamais les hommes au désordre.
Ami respectueux des lois de son pays,
Saura leur obéir en leur étant soumis.

A NOS GOUVERNANTS.

O vous qui gouvernez! soyez donc ce vrai sage;
Ami constant du bien, repoussez l'esclavage.
D'une vraie liberté donnez-nous les accès;
Mais si l'anarchie vient, arrêtez ses progrès;
Donnez toujours aux lois leur force protectrice,
Et qu'elles absolvent, jugent avec justice;
Toujours, sans distinction de place ni d'état,
Protégez également un chacun dans l'État.
Soyez religieux, mais avec conscience;
Que l'amour du vrai bien forme votre croyance :
Chacun selon ses vues aime son Créateur,
Et doit trouver en vous protection et bonheur.
Ainsi que l'opinion, les cultes ont leurs nuances;
Vous devez respecter, protéger les croyances.
En nous, soit faiblesse, esprit ou vanité,
Chacun cherche en Dieu son immortalité;
Ces diverses maximes ont bien leurs ressemblances,
Toutes vers un seul Dieu portent leurs tendances.
O toi qui gouverne! de Dieu vois les décrets;
Ne juge les hommes que par leurs seuls bienfaits.
Des cultes garde-toi d'épouser les querelles;

Qui ne sait combien toutes sont cruelles ?
Mais, afin qu'aucun d'eux ne dépasse ses droits,
Fais qu'ils soient maintenus par la force des lois :
C'est l'orgueil des hommes ou leurs hypocrisies,
Qui font les religions contraires ou ennemies ;
Chacune, gouvernée par de vils intérêts,
Veut détruire l'autre, ou lui faire son procès ;
Ainsi tu détruiras les guerres intestines,
Qui des divers cultes établissent les ruines.

FIN DU PREMIER CHANT.

DEUXIÈME CHANT.

LES JÉSUITES.

Pour nous régénérer, et nous éclairer tous,
Quand le divin Sauveur, naquit, souffrit pour nous,
Devait-il donc penser que son saint Évangile
Deviendrait la proie pour le serpent reptile
Qu'on nomme Jésuite? Diable incarné,
D'astuce, d'envie en lui personnifié;
Sous feinte piété cachant l'hypocrisie,
La ruse, l'adresse, la honte et l'infamie;
Pour dominer l'homme, s'emparant de son nom,
Détruirait les beautés de sa religion;
Au lieu de vérité placerait le mensonge,
Et pour réalité n'offrirait qu'un vain songe,
Songe creux et puéril, qu'on nomme le néant.
O toi, divin Sauveur! du haut du firmament,
Contemple les vices qui désolent la terre,
Et de tes apôtres admire le faux frère;
Leur esprit pénétrant, leur sage conception,
Servant leurs intérêts, flattant leur ambition,
Toujours, sous ton saint nom, évoquant ton Évangile,
Ils changent en enfer le paisible asile.
Là un fanatique, qu'égara leurs discours,
Assassine, empoisonne, ou, tour à tour,

Allume le flambeau de l'infâme Discorde ,
Font naître la haine et chasse la Concorde ;
Tous ces maux impies, que déchaîne l'enfer,
Et qu'ils déversent sur le grand univers.
Ils le font, disent-ils, pour étendre ta gloire !
Et pour chasser l'erreur : Détruiront-ils l'histoire ,
Qui offre à nos yeux leur vile rapacité ,
Leurs vices, leur haine ? triste moralité.
Et ces hommes se disent amants de la Sagesse ,
Et le fiel dans leur cœur coule avec ivresse ;
Ils veulent de nos sens détruire les passions :
Existe-t-il un frein à leur vile ambition ?
Comment mettre d'accord leur amour du bien-être
Et cette pauvreté qui dirigea ton être ?
Ils prêchent en tous lieux ta sainte pauvreté,
Et ta résignation et ton aménité ;
Et leur cœur n'est rempli que de pures bassesses,
D'orgueil, d'avarice et d'amour des richesses.
Vois-les dans tes temples, t'offrir notre amour,
Couverts d'or et d'argent ; dans leurs brillants atours
Ne dirait-on pas Dieu , sur ses nuages célestes,
Parlant aux Chérubins de nos fautes terrestres ?
Ainsi , tout couverts d'or, prêchant la pauvreté,
Dans un lieu où tout doit être simplicité.
Cette simplicité est-elle dans nos temples ?
Là , les arts réunis , que le regard contemple ,
Admire l'ornement de l'immortel pinceau ,
De nos premiers maîtres le sublime ciseau ;
L'or, l'argent et les arts brillent avec largesse ,
Jamais plus de luxe n'offrit plus de richesse.

Et c'est ainsi qu'offrant aux crédules chrétiens
Les bontés du Ciel, on dévore son bien.
O vous, divin Sauveur! et toi, Père céleste!
De votre gloire dites-nous ce qui vous reste?
Car nos pieux Jésuites se donnent, prennent tout,
Jusqu'au souffle divin qui nous anime tous.
Ils s'emparent de nos plus secrètes pensées,
Ils en font leur profit, et souvent leurs risées.
Humiliant l'ame par leur confession,
Elle devient leur proie et celle du démon.
Ces hommes, ici-bas, usurpant ta puissance,
Ils te laissent du Ciel à peine la jouissance;
Selon leur caprice l'homme est vertueux,
Digne de tout pardon, ou n'est qu'un malheureux,
Indigne de bonté, de l'Enfer la pâture,
S'ils ne corrigent, eux, sa trop faible nature.
S'ils pouvaient atteindre à ton séjour sacré,
Par ces hommes, ton Ciel serait escaladé.

LA VIE DU CHRIST EN REGARD DE LA LEUR.

Le Rédempteur, voulant détruire l'idolâtrie,
Écraser des faux dieux, la trop faible magie,
Élever jusqu'à toi, ô Père Éternel,
L'offrande plus pure de nous faibles mortels;
Nous enseigner, enfin, ta volonté céleste,
Qu'était-il? dis-le nous. Sur ce globe terrestre,
Errant, sans asile, et vêtu pauvrement,
Proscrit et malheureux, ce Fils du firmament
N'avait pour s'abriter ni temple ni chaumière;
Sous la voûte des Cieux il t'offrait sa prière.

C'est, dépouillé de tout, qu'il montrait aux humains,
Comment à son vrai Dieu l'on élève les mains.
Que ces temps sont changés ! de ce grand Dieu de grace,
Nos apôtres du jour ont usurpé la place ;
Les mines du Pérou, les damas du Japon,
Des brocards éclatants, qui meublent leur maison ;
Tous ces riches palais où nos premiers vicaires,
S'endorment mollement en lisant leur bréviaire,
N'attestent-ils donc point cette persécution
Qu'ils éprouvent partout, et leur tribulation ?
Car, à les entendre, ce sont de pauvres sires,
Sur qui l'idéïsme a lâché ses satires.
Si l'on n'augmente point leur domination ,
Si de leur demande ils n'ont satisfaction ,
Que l'on mette un frein à leur trop d'exigence ,
Que l'on veuille borner leur trop grande puissance,
S'ils n'ont de nos enfants toute la direction ,
L'empire absolu sur leur instruction ,
S'ils ne peuvent façonner ces timides ames ,
Au joug de la domination qui les enflamme ,
Aussitôt l'on verra, ces martyrs malheureux,
De plaintes égayer la terre et les cieux.
    La mère de famille, despote tyrannique ,
Changée en mégère ou escroc domestique ,
Va porter à l'autel le labeur d'un époux ;
Racheter ses fautes est sentiment bien doux :
L'éternité vaut bien une privation charnelle ,
Et imposer les siens est chose naturelle ;
Peut-elle ignorer qu'avec un peu d'écus ,
Notre pénitente obtiendra son salut ?

L'on vend, à l'église, toutes les indulgences,
L'on remet tous péchés par cette pénitence.
Privation bien douce, que seule l'on n'a point ;
L'époux la partage, en fournira l'appoint.
Nos dévotes moitiés, qu'un saint zèle anime,
Montent ainsi au Ciel sur la pente d'un crime ;
Nos Jésuites repus, engraissés par leurs dons,
Donnent l'éternité par un facile pardon.

INVOCATION A LA VENGEANCE DIVINE.

O Père céleste ! divine Providence !
Qu'attends-tu, ô grand Dieu ! pour placer ta vengeance ?
Les hommes, ici-bas, n'ont-ils donc pas atteint
Toute la malice du vil esprit malin ?
Son souffle impur, répandu sur notre ame,
N'a-t-il donc pu la souiller d'impudique flamme ?
Ou, gardant ta vengeance pour l'éternité,
Attends-tu, pour punir, notre immortalité,
Que cette impureté remontant à sa source,
Obtienne, dans l'oubli, le néant de sa course ?
L'Évangile nous dit : la Foi et l'Espérance,
Préserveront l'homme d'une grande vengeance ;
Jésus, ses apôtres, nous l'ont dit tour à tour,
Depuis deux mille ans le répète toujours.
Ces deux mots, la base du pur christianisme,
Devait changer l'homme, détruire son cynisme,
En faire l'instrument de toutes les vertus,
Déraciner du cœur les vices, les abus ;
Élever son ame à la voûte céleste,
Le détacher, enfin, de nos biens terrestres.

Et, depuis ce temps, l'homme est ce qu'il était,
Faux, ingrat, parjure, et toujours imparfait.
De cette religion, quel bienfait nous reste ?
La civilisation : et l'homme la déteste.
C'est à qui trompera plus crédule que lui ;
Dans l'intérêt, chacun s'évite ou se nuit ;
La rivalité d'amour engendre la haine,
L'union mal assortie, une pesante chaîne,
Où l'on voit deux époux, l'un l'autre malheureux,
Désirer que la mort vienne rompre leurs nœuds.
Mais je vois les foudres du puissant sacerdoce,
Traiter et d'infâme, d'impur et d'atroce,
Cet écrit suspectant leurs sublimes vertus,
De notre religion dévoilant les abus.
Ah ! pieux cénobites, calmez votre colère,
Vous n'avez point du Ciel reçu cette lumière
Qu'avait reçue Jésus ; et c'est en son saint nom,
Que je condamne en vous, l'œuvre du démon.
Loin de vous attacher à nos biens périssables,
Souvenez-vous d'un Dieu né dans une étable ;
Pour montrer le chemin qui conduit aux Cieux,
Soyez plus qu'un homme, soyez donc vertueux ;
Détaché des vices de la faible nature,
Tâchez donc de rendre votre auditoire plus pure.

A L'HUMANITÉ ENTIÈRE (CONSEIL).

Et nous, faibles humains, devenons plus heureux ;
Songeons que la vertu seule conduit aux Cieux,
Qu'ici-bas, elle seule embellit notre vie,
Et détruit les maux que nous cause l'envie ;

Qu'elle sait éclairer et former la raison,
Faire sortir l'ame de son étroite prison,
L'élève jusqu'aux Cieux ; tandis que sur la terre,
Elle flotte toujours entourée de chimères ;
Esclave ondulante, asservie aux plaisirs,
Jamais satisfaite, n'éprouvant que désirs.
L'opinion qui est là et toujours menaçante,
Nous harcelle sans frein et toujours nous tourmente ;
L'appas des richesses, des titres, des grandeurs,
Nous offre, en tout temps, leurs vaines splendeurs.
Et c'est ainsi que l'ame, dans sa pâle carrière,
Enfermée dans l'homme, vient ramper sur la terre.
Si l'ame, de nos cœurs, dirigeait les actions,
L'on verrait la vertu épurer nos raisons ;
Tout changerait ici ; l'homme dans son semblable,
Verrait du Créateur l'être ineffaçable.
La ruse, l'adresse, l'envie, l'ambition,
Cet appas des grandeurs, l'affreuse trahison,
Les meurtres, le poison, la rampante bassesse,
L'ennemie du vrai bien, l'amour de la richesse,
Tous ces fléaux enfin, qui, bénévolement,
Troublent l'humanité en tout lieu follement,
Nous seraient inconnus : en songeant que l'ame
Est animée du souffle divin qui l'enflamme,
Quel mortel sur terre fut assez malheureux,
Pour se méconnaître et offenser son Dieu ?
C'est à bien connaître cette essence divine,
Ce souffle toujours pur et ce feu qui l'anime,
Que l'homme, sur terre, ne saurait point trouver,
Qu'il cherche parfois et s'ennuie de chercher,

Qui fait que Diogène tient sa lampe allumée.
Si tu veux, ô homme ! gravir l'Empyrée,
Et trouver du vrai Dieu le céleste séjour,
Nourris-toi de lui seul, mérite son amour.

FIN DU DEUXIÈME CHANT.

Imprim. de KLEFER, place d'Armes, 17, à Versailles.